Avec mes remerciements à

Shirley Docker

Éditeur : François Doucet
Traduction : Marie-Hélène Cvopa
Révision linguistique : Frédéric Barriault
Correction d'épreuves : Katherine Lacombe, Nancy Coulombe
Montage de la couverture : Matthieu Fortin
Illustration de la couverture : © 2009 Katie Wood
Illustrations de l'intérieur : © 2009 KatieWood
Mise en pages : Sébastien Michaud
ISBN papier : 978-2-89667-533-3
ISBN PDF numérique : 978-2-89683-389-4
ISBN ePub : 978-2-89683-390-0
Première impression : 2012
Dépôt légal : 2012
Bibliothèque et Archives nationales du Québec
Bibliothèque Nationale du Canada

Éditions AdA Inc.
1385, boul. Lionel-Boulet
Varennes, Québec, Canada, J3X 1P7
Téléphone : 450-929-0296
Télécopieur : 450-929-0220
www.ada-inc.com
info@ada-inc.com

Diffusion
Canada :   Éditions AdA Inc.
France :   D.G. Diffusion
                Z.I. des Bogues
                31750 Escalquens — France
                Téléphone : 05.61.00.09.99
Suisse :   Transat — 23.42.77.40
Belgique :   D.G. Diffusion — 05.61.00.09.99

Imprimé au Canada

Participation de la SODEC.   SODEC
Nous reconnaissons l'aide financière du gouvernement du Canada par l'entremise du Programme d'aide au développement de l'industrie de l'édition (PADIÉ) pour nos activités d'édition.
Gouvernement du Québec — Programme de crédit d'impôt pour l'édition de livres — Gestion SODEC.

Catalogage avant publication de Bibliothèque et Archives nationales du Québec et Bibliothèque et Archives Canada

Plaisted, Caroline

    Surprise à la soirée pyjama
    (Brownies ; 3)
    Traduction de : Sleepover Surprise.
    Pour enfants de 7 ans et plus.
    ISBN 978-2-89667-533-3
    I. Cvopa, Marie-Hélène. II. Titre. III. Collection : Plaisted, Caroline.   Brownies ; 3.

PZ23.P5959Su 2012   j823'.914   C2011-942676-5

Brownies

Surprise à la soirée pyjama

Caroline Plaisted

Traduit de l'anglais par
Marie-Hélène Cvopa

JEUNESSE

Voici les Brownies

Katie

Katie,
la sœur jumelle
de Grace, est très
sportive, aime jouer
à des jeux et gagner.
Elle veut obtenir
tous les insignes
brownies. Sa sizaine est
les Renards !

Jamila

Jamila a trop de
frères, alors elle adore
les Brownies car LES
GARÇONS SONT
INTERDITS ! Jamila
est une Blaireau !

Ellie

Ellie est impressionnante dans le domaine de l'artisanat. Elle était auparavant une Arc-en-ciel et aime se faire de nouveaux amis. Ellie est une Hérisson !

Charlie est folle des animaux et possède un cochon d'Inde nommé Nibbles. Elle adore les questionnaires des Brownies et les pow-wow. Sa sizaine est les Écureuils !

Charlie

Grace

Grace est la sœur jumelle de Katie et elle adore le ballet. Elle apprécie les sorties avec les Brownies et est une Lapin !

Chapitre 1

La salle de l'école primaire de Badenbridge bourdonnait d'excitation! C'était mardi soir. Après une soirée remplie d'activités et de plaisir, les Hérissons, les Renards, les Blaireaux, les Lapins et les Écureuils — les sizaines de la première unité des Brownies de Badenbridge — étaient toutes assises dans le cercle brownie. Dirigeant les Brownies de Badenbridge, Vicky et Sam avaient invité les sizaines à participer à un pow-wow.

Un pow-wow est un moment où les Brownies se réunissent afin de trouver des idées d'activités passionnantes à faire ensemble. Dans le cercle, les meilleures amies Charlie, Ellie, Grace, Katie et Jamila se souriaient les unes aux autres.

Vicky sourit.

— Bien, les filles. Est-ce que certaines d'entre vous se souviennent d'une chose très spéciale que font les membres de la première unité des Brownies de Badenbridge à cette période de l'année ?

Quelques-unes des Brownies, surtout les plus nouvelles, semblaient perplexes. Sizenière des Hérissons, Lauren agita alors la main avec enthousiasme.

— Est-ce que cela a quelque chose à voir avec le jour de la pensée ? demanda-t-elle.

— C'est une bonne suggestion, lui dit Sam. Or, nous avons déjà célébré le jour de la pensée cette année. Quelqu'un d'autre a-t-il une idée ?

Seconde des Écureuils, Ashvini leva la main.

— C'est la soirée pyjama !

— Ouiii !

Certaines Brownies acclamèrent l'idée.

— Une soirée pyjama ? s'exclamèrent en même temps Charlie et Ellie.

— C'est juste ! déclara Vicky. La soirée pyjama annuelle de la première unité des Brownies de Badenbridge s'en vient !

Ellie, Grace, Katie, Jamila et Charlie rigolèrent, excitées. Elles savaient déjà qu'être une Brownie était très amusant, mais une soirée pyjama brownie ? C'était tout simplement formidable !

Membre des Blaireaux tout comme Jamila, Jasmine leva la main.

— Cela veut-il dire que cette soirée pyjama aura lieu *en même temps* que notre spectacle ? demanda-t-elle.

Un spectacle ? Les meilleures amies ne pouvaient y croire. Une soirée pyjama *et* un spectacle ?

— Que se passera-t-il au spectacle ? demanda Grace.

Passionnée de ballet, celle-ci avait récemment présenté une chorégraphie avec les autres filles de son cours de danse. Aussi trouvait-elle fantastique l'idée de participer à un autre spectacle, cette fois-ci en compagnie de toutes ses nouvelles amies brownies.

— Toutes sortes de choses, répondit Sam. Le spectacle brownie est l'occasion idéale pour exprimer vos nombreux talents. Or, du talent, les Brownies en ont beaucoup !

— Oh oui ! affirma Vicky. Certaines d'entre vous se souviennent-elles de quelques-unes des représentations du spectacle de l'an dernier ?

— J'ai lu un poème, dit Lucy.

Lucy est une Lapin, tout comme Grace et Boo, la sœur de Charlie.

— Certaines filles ont créé une pièce de théâtre sur les Brownies, déclara Bethany.

Bethany fait partie des Écureuils, tout comme Charlie.

— Et certaines d'entre nous ont chanté, et il y avait aussi de la danse, ajouta Caitlin.

Déjà inscrite aux mêmes cours de ballet que Grace, Caitlin est également membre de son groupe chez les Brownies, c'est-à-dire les Lapins.

— C'était formidable, n'est-ce pas ? dit Vicky.

— Oui ! crièrent toutes les Brownies qui y avaient participé.

— Alors, dit Vicky, vous devez réfléchir à des idées pour le spectacle de cette année. Vous pouvez commencer à en discuter dès maintenant dans vos sizaines.

Tout autour du cercle brownie, chacune se mit à parler avec excitation. Quelques minutes plus tard, Ellie leva la main.

— Mais Vicky… quand ferons-nous le spectacle ? demanda-t-elle.

— Et quand la soirée pyjama aura-t-elle lieu ? demanda Katie.

— Nous ferons les deux le même soir ! dit Jessica, la sizenière de Katie chez les Renards.

— Wow ! dit Jamila, en soupirant.

— Oui ! affirma Sam avec un large sourire. Nous ferons d'abord le spectacle afin que vos familles et vos amis puissent venir vous voir.

— Ensuite, une fois qu'ils seront partis, nous pourrons profiter de notre soirée pyjama, expliqua Vicky.

— C'est génial ! dit Charlie.

— Impressionnant ! ajouta Grace.

— Bien, dit Vicky, il est presque l'heure de terminer notre réunion. Nous vous remettrons

une lettre à ramener avec vous à la maison, ce soir. Elle présente tous les détails à propos de la soirée pyjama et du spectacle. Alors, avant de partir, n'oubliez pas de demander à Daisy de vous en remettre une copie.

Daisy était la fille de Vicky. Désormais membre des Guides, Daisy a déjà fait partie de la première unité des Brownies de Badenbridge. En tant que jeune dirigeante, elle donnait chaque semaine un coup de main aux Brownies.

— Oui, dit Sam. Assurez-vous qu'un adulte signe le bordereau d'autorisation ; puis ramenez-le avec vous la semaine prochaine. Si vous ne le faites pas, vous ne pourrez pas rester pour la nuit !

— Maintenant, les filles, dit Vicky, allez récupérer toutes vos choses et revenez dans le cercle brownie pour chanter « Brownie Bells ».

Dix minutes plus tard, Grace, Ellie, Charlie, Jamila et Katie avaient les lettres dans leurs mains

et s'étaient rassemblées dehors avec leurs parents, prêtes à rentrer à la maison.

— Une soirée pyjama ! s'exclama Katie.

— Et un spectacle ! dit Jamila avec un grand sourire.

— Je suis tellement impatiente, déclara Grace.

— Moi aussi ! approuvèrent en chœur Charlie et Ellie avec excitation.

Chapitre 2

Le lendemain, à l'heure du déjeuner, les amies étaient assises dans la cour de récréation.

— J'adore les soirées pyjama! dit Ellie.

— Moi aussi! approuva Charlie. Imaginez une immense soirée réunissant toutes les Brownies! De la nourriture, du plaisir, des rires… et des Brownies!

— Et un spectacle! déclara Grace. J'adorerais faire une danse dans ce spectacle. Qui sait si Caitlin n'aimerait pas se joindre à moi!

— Ce serait génial! dit Jamila.

— Pensez-vous que tout le monde arrive à faire des choses vraiment formidables? se demanda Ellie à voix haute.

— Que veux-tu dire? demanda Katie.

— Vous savez, dit Ellie. Croyez-vous qu'elles sont toutes excellentes en chant et en théâtre?

— Je suppose que certaines filles sont douées, dit Jamila. Il se peut aussi que certaines autres filles soient moins talentueuses. Mais c'est sans importance : aux Brownies, l'important est d'avoir du plaisir et de faire de son mieux, et non pas d'être la meilleure.

— Bien sûr, confirma Grace. Pourquoi cela t'inquiète-t-il autant, Ellie?

— Oh, je ne suis pas vraiment inqui… répondit Ellie. Hum, pour tout vous dire, je suis *un peu* inquiète.

— Pourquoi? demanda Jamila, laquelle se faisait du souci pour son amie.

— Parce que je déteste devoir me tenir debout devant d'autres personnes et avoir à faire du théâtre ou des choses semblables! s'exclama Ellie. J'étais même nerveuse de prononcer ma

promesse brownie lors
de la cérémonie de la
promesse !

— On ne s'est
pourtant jamais rendu
compte que tu étais ner-
veuse, dit Charlie. Tu as
été parfaite. En fait, c'est
moi qui ai oublié les
paroles de la promesse, ce jour-là !

— Si tu ne veux pas chanter ni danser, tu n'es
pas obligée de le faire, dit Jamila.

— Il s'agit pourtant d'un spectacle ! Que
faire d'autre que monter sur scène ? dit Ellie en
soupirant.

— Hum… murmura Grace.

Ellie venait de marquer un point. Aucune de
ses amies ne sut quoi lui répondre.

Plus tard dans la semaine, les cinq fillettes par-
laient encore du spectacle des Brownies.

— Je vais demander s'il est possible que je
puisse jouer du clavier, déclara Jamila, une musi-
cienne assidue.

— Cool, dit Charlie. Pensez-vous que je
pourrai faire quelque chose ayant rapport avec les
animaux? ajouta Charlie.

Rêvant de devenir vétérinaire quand elle sera
grande, Charlie adorait les animaux.

— Pourquoi ne poses-tu pas cette question à
Vicky, lors de la prochaine réunion des Brownies?
Ne nous a-t-elle pas demandé de profiter de cette
réunion pour proposer nos idées pour le spectacle? suggéra Grace.

— N'oubliez pas que nous devons également
prendre connaissance de ce que veulent faire les
autres filles de nos sizaines, signala Katie. Nous
ne pouvons pas prendre de décision avant d'avoir
pris le temps d'en discuter avec elles.

— Tu marques un point, dit Jamila.

— Oui, approuva Ellie. Je pense que nous devrions toutes attendre jusqu'à la réunion avant de nous décider…

Les filles eurent tellement d'activités après les classes cette semaine-là, qu'elles ne se sont presque pas vues en-dehors de l'école. Cependant, elles se rencontrèrent durant la fin de semaine pour aller au cinéma. Elles se sont ensuite rendues chez Jamila pour boire le thé.

Elles étaient tellement excitées de participer à leur première soirée pyjama — de même qu'au spectacle des Brownies — qu'elles ne pouvaient s'empêcher d'en parler sans arrêt! Ce fut donc une bonne chose que le mardi soir arrivât rapidement.

Peu de temps après l'arrivée des cinq amies, la réunion démarra. Vicky rassembla tout le monde au milieu de la salle et attendit le silence.

— Ce soir, les filles, j'ai de bonnes et de mauvaises nouvelles, annonça-t-elle. Vous êtes toutes au courant que Jessica a récemment fêté ses 10 ans.

Toutes les Brownies firent un signe de tête affirmatif. Jessica était la sizenière des Renards. Elles se souvenaient particulièrement de son anniversaire : ce jour-là, Jessica avait apporté aux Brownies des gâteaux nombreux et délicieux.

— Jessica a passé du temps chez les Guides pour voir ce qui s'y passe, poursuivit Vicky.

Elle sourit alors à Jessica, dont les joues se mirent à rougir face à toute cette attention qu'on lui accordait.

— Dans quelques semaines, elle rejoindra les Guides. Notre soirée pyjama sera donc sa dernière nuit avec les Brownies.

— Oh! soupirèrent toutes les Brownies.

— Lors de notre soirée pyjama, nous ferons un bel adieu à Jessica, dit Sam. De plus, nous allons demander à des Brownies plus âgées de partager avec nous leurs souvenirs de Jessica.

— Nous ne voulons pas qu'elle nous quitte! déclara Sukia, l'une des plus jeunes brownies. Nous voulons qu'elle reste ici avec nous pour s'amuser encore et encore!

Toutes les autres Brownies se mirent à rire. Par contre, elles comprenaient très bien ce que

Sukia voulait dire. Jessica était l'amie de tout le monde. Il était difficile d'imaginer les Brownies sans elle.

— Je sais, dit Vicky gentiment. Jessica va vraiment, vraiment nous manquer, n'est-ce pas? Mais nous ne la perdrons pas complètement. Elle fera encore partie de la famille du guidisme.

— Oui, affirma Sam. Nous la verrons lors d'excursions spéciales et peut-être même lors de fêtes du jour de la pensée. Et elle fera toujours partie du cercle d'amies des Brownies.

— De toute façon, je reviendrai vous voir bientôt ! annonça Jessica. Ma cousine va se joindre aux Brownies au prochain trimestre et je l'accompagnerai lors de sa première soirée !

— C'est super, dit Sam.

— Allez, les Brownies, dit Vicky avec un grand sourire. Donnons toutes à Jessica un applaudissement brownie, avant de poursuivre notre rencontre !

Brownies

Chapitre 3

Après cet événement spécial entourant le départ de Jessica, les Brownies se regroupèrent dans leurs sizaines afin de parler du spectacle.

— L'an dernier, nous avons joué dans une pièce de théâtre, déclara Boo, la sœur aînée de Charlie, en s'adressant aux Lapins.

Molly, leur sizenière, fit un large sourire.

— C'était vraiment amusant. Nous l'avons écrite ensemble.

— De quoi parlait cette pièce de théâtre ? demanda Grace.

Elle était stupéfaite de constater à quel point les Lapins étaient intelligentes : non seulement avaient-elles joué dans une pièce mais elles l'avaient également écrite !

— C'était une pièce drôle à propos de Vicky et de Sam, expliqua Boo, en rigolant. Nous avons fait des tas de blagues sur elles, en imaginant celles-ci en train de se préparer pour une excursion avec les Brownies.

— La pièce montrait aussi des Brownies qui comprennent tout de travers, dit Molly, en riant. Par exemple : se rendre au mauvais endroit et à la mauvaise heure !

— Alors, que devrions-nous faire cette fois-ci ? se demanda Caitlin. Une autre pièce ?

— Je pense que ce serait bien de faire quelque chose de différent, dit Molly.

— Dans quoi sommes-nous toutes douées ? demanda Boo. Qu'est-ce que vous aimez faire ?

— Danser ! dirent Grace et Caitlin en chœur, avant de s'écrouler de rire à la suite de leur plaisanterie.

— J'aime chanter, dit Lucy. Mais j'aime aussi la danse, bien que je ne sois pas très bonne.

— Bien sûr que tu l'es! dit Molly. Je me rappelle t'avoir vue à la danse de Noël de l'école. Tu étais formidable!

— Hé! dit Grace. Pourquoi ne ferions-nous pas une chorégraphie sur une chanson du palmarès?

— Ouais! dit Boo. Nous pourrions alors chanter *et* danser. Cool!

— J'aime cette idée, déclara Molly. Les autres, qu'en pensez-vous?

Caitlin et Lucy aimaient beaucoup l'idée.

— Dans ce cas, c'est réglé, annonça Molly. Maintenant, tout ce qui nous reste à faire est de choisir la chanson, puis commencer à l'apprendre!

Du côté des Écureuils, Vicky parlait avec les Brownies à propos de ce qu'elles pourraient faire.

— Chanter ne vous dit rien? demanda Vicky.

— Nous ne voulons absolument pas jouer une pièce de théâtre, ajouta la sizenière Megan.

— Certaines d'entre vous jouent-elles d'un instrument de musique? Avez-vous un passe-temps intéressant — les majorettes, par exemple? se demanda Vicky à haute voix.

— J'ai participé l'an dernier à la compétition de poésie de l'école, dit Bethany. J'ai lu un poème et j'ai reçu une mention d'honneur pour cela!

— Oh, je m'en souviens, dit Vicky. N'as-tu pas fait quelque

chose de semblable pour obtenir ton insigne
«Divertissement»?

— Oui! répondit Bethany en souriant fière-
ment, tout en regardant l'insigne sur son écharpe.

— Je connais un poème sur les chiens et les
chats. C'est l'un de mes préférés, dit Megan.

— J'adore les animaux, déclara Charlie.

— Nous le savons! dirent les autres Écureuils
en rigolant.

— Dans ce cas, pourquoi n'écrivez-vous pas
des poèmes sur les animaux? proposa Vicky.

— Je peux imiter le bruit d'un poulet, dit
Ashvini. Je pourrais lire un poème dont l'action
se passe sur une ferme et imiter les sons de tous
les animaux qu'on présenterait dans ce poème.

— Mêêr-veilleux! dit Megan. Les autres
filles éclatèrent de rire.

— C'est une idée fantastique, déclara Vicky.
Certaines d'entre vous aimeraient-elles également lire ou écrire des poèmes?

Toutes les fillettes firent oui de la tête.

— Est-ce que je peux amener Nibbles? demanda Charlie. C'est mon cochon d'Inde et il est superbe. Je pourrais écrire un poème sur lui et le montrer aux autres. Il est si mignon, regardez!

Charlie leur montra la photo de Nibbles qu'elle rangeait dans sa boîte de promesse brownie.

— Ahh!

— Hum, je ne voudrais pas gâcher votre plaisir. Hélas, je dois d'abord m'assurer qu'aucune Brownie n'est allergique aux animaux, dit Vicky. Attendez-moi une minute…

Elle alla chercher sa chemise contenant les informations au sujet de toutes les Brownies. Charlie et les autres Écureuils attendirent avec anxiété tandis qu'elle parcourait attentivement ses feuilles.

— C'est bon! déclara Vicky en revenant. Personne n'est allergique. Par contre, tu dois garder Nibbles dans sa cage, dit-elle en souriant. De plus, je ne crois pas que ce soit une bonne idée qu'Ashvini apporte avec elle tous les animaux de la ferme!

Pendant ce temps, les Blaireaux avaient découvert qu'elles avaient en commun une passion pour la musique. Jamila jouait du clavier, en plus de chanter. Chloe jouait de la gui-tare alors que Jasmine apprenait à jouer de la flûte. Pour leur part, Izzy, la sizenière des Blaireaux, et Holly, sa seconde, chantaient dans la même troupe de théâtre locale.

— Eh bien, on dirait que vous devriez former un groupe, alors! dit Daisy, assise avec la sizaine des Blaireaux à leur table.

— Wow! s'exclama Jamila. Ce serait tellement cool!

— Nous pourrions nous appeler le Groupe des Blaireaux, proposa Holly.

— Fantastique, déclara Izzy.

— Mais qu'allons-nous jouer? demanda Jasmine.

Les Blaireaux se regardèrent. Former un groupe était une idée fantastique. Par contre, décider quoi chanter et jouer paraissait bien plus difficile.

— J'ai un livre présentant les accords de base des succès du palmarès. Peut-être pourrions-nous choisir l'une des versions présentées dans ce livre? proposa Chloe.

— Cela me semble être une très bonne idée, dit Jamila.

— C'est réglé ! déclara Izzy. Les Blaireaux sont les meilleures !

Du côté des Renards, les fillettes avaient des millions d'idées en tête. Hélas, leurs discussions allaient dans toutes les directions !

— Eh bien, nous devons faire quelque chose ! dit Jessica en se grattant la tête pensivement. C'est mon dernier spectacle brownie. Nous devons poursuivre l'excellente tradition des Renards, c'est-à-dire faire des choses formidables !

À ce moment précis, Vicky vint s'asseoir avec elles.

— Bien, dit-elle, quelle est votre idée ?

— Nous en avons des tas, dit Emma en soupirant. Par contre, nous n'arrivons pas à choisir celle que nous préférons !

— J'ai trouvé ! s'exclama Katie, laquelle eut soudainement une nouvelle idée. J'ai reçu un

ensemble de magie pour mon anniversaire. Nous pourrions faire un numéro de magie !

— Je ne connais pas de tours de magie, dit Amber.

— Moi non plus, ajouta Lottie.

— C'est sans importance, répondit Katie. Moi aussi je n'en connaissais aucun avant de recevoir cette trousse de magicien. Les tours sont vraiment fantastiques, en plus d'être très faciles à apprendre. De plus, on trouve dans cette trousse une liste entière de trucs à faire lors d'un spectacle de magie. Nous pourrions tout simplement suivre cette liste. Et si nous nous exerçons sérieusement, eh bien…

Katie regarda les autres Renards d'un air suppliant.

— Cela me semble être une bonne idée, dit Jessica. De plus, je ne me souviens pas que quelqu'un ait déjà fait un spectacle de magie auparavant !

— Je crois que nous devrions faire cela, dit Lottie.

— Moi aussi, dit Emma.

— D'accord, moi aussi ! approuva Amber.

Les Renards allaient faire des tours de magie au spectacle des Brownies !

Les Hérissons, pour leur part, avaient décidé de jouer une pièce de théâtre. Elles étaient assises à leur table de sizaine, où elles discutaient avec excitation, cherchant à savoir qui jouerait quel personnage. Ellie parut alors inquiète.

— Qu'est-ce qu'il y a ? demanda Lauren, sa sizenière.

— Rien… répondit-elle. C'est juste que… Je déteste vraiment monter sur scène. Ça me rend *tellement* nerveuse.

— Hé, ne t'inquiètes pas, lui dit Amy. Tu n'es pas obligée de le faire si tu n'en as pas envie.

— Mais j'ai vraiment envie de vous aider! dit Ellie en soupirant. Par contre, je sais que je n'arriverai jamais à me souvenir d'une seule ligne du texte ou de quoi que ce soit.

— Mais tu es très bonne en dessin et en peinture, n'est-ce pas? lui demanda Sukia.

Ellie fit un signe de tête affirmatif.

— Oh, je sais! dit Lauren en affichant un large sourire. Ellie peut fabriquer et peindre notre décor!

— Oh, j'aimerais vraiment faire cela! dit Ellie. Ce serait super!

Chaque sizaine avait maintenant décidé ce qu'elles feraient lors du spectacle. Il leur fallait maintenant mettre au point leurs numéros!

Chapitre 4

Le lendemain matin, les cinq amies se retrouvèrent dans la cour de l'école.

— Ce sera fantastique, déclara Katie.

— Vous vous imaginez? Donner un spectacle! approuva Grace en tournant sur elle-même, les bras dans les airs.

— J'ai vraiment trop hâte à la réunion brownie de la semaine prochaine! ajouta Jamila en soupirant.

— Moi aussi! dit Ellie en rigolant.

Elle avait déjà hâte de commencer à fabriquer son décor.

— Oui, dit Grace. Sam a dit que nous passerions la soirée entière à répéter le spectacle.

— Je te l'avais dit, annonça Katie. Ce sera brillant !

Devoir attendre six jours avant la prochaine réunion des Brownies leur paraissait difficile. Cependant, la semaine fut fort occupée pour les cinq meilleures amies, grâce aux séances de natation, aux leçons d'art dramatique, aux répétitions de musique et aux cours d'art. Les filles étaient si occupées qu'elles n'ont pas réussi à trouver le moindre moment pour se retrouver et se donner les dernières nouvelles. Même pendant la récréation, elles passaient du temps avec les autres filles de leur sizaine pour discuter de leur numéro.

Lorsqu'enfin elles se rencontrèrent le mardi suivant, la salle bourdonnait de bruit. Vicky frappa dans ses mains et cria « Brownies ! »

Les Brownies se calmèrent.

— Ouf! dit Sam en souriant. Nous pensions que vous ne cesseriez jamais!

— La réunion de ce soir sera entièrement consacrée à la préparation du spectacle, déclara Vicky. Vous avez toutes choisi vos représentations, voici l'occasion de répéter vos numéros!

Les Brownies se regardèrent avec un grand sourire d'anticipation.

— Vicky, Daisy et moi viendrons vous voir, dans toutes les sizaines, afin de vérifier si certaines d'entre vous ont besoin d'aide, déclara Sam. Alors allons-y!

Ce fut une soirée épuisante mais fantastique, l'une des meilleures! Avec seulement deux réunions brownies à venir avant le spectacle, il n'y avait pas une minute à perdre. Elles auraient sans

doute continué toute la nuit si Vicky ne leur avait pas donné l'ordre de rentrer à la maison !

Au cours de la semaine suivante, chaque fillette travailla à faire en sorte de jouer parfaitement son rôle dans le spectacle. Les Lapins travaillèrent sur la chorégraphie qui accompagnerait la chanson qu'elles avaient entendue à la télévision et qui avait atteint la première place du palmarès. Grace passa tout son temps libre à répéter la danse dans sa moitié de chambre — chambre qu'elle partageait avec Katie.

Lauren et Amy avaient écrit une pièce de théâtre sur les Hérissons, basée sur une histoire parue dans la revue des Brownies et qui traitait de la promesse brownie. Dans la première partie de la pièce, les Brownies jouaient une scène qui avait lieu à la salle brownie. Aucun décor n'était nécessaire à cette étape. Par contre, la scène suivante se passait chez l'une des filles. Ellie eut donc la responsabilité de transformer le lieu en salon.

Ellie décida de peindre une image montrant un canapé avec un téléviseur installé à ses côtés. Afin de rendre l'image suffisamment grande pour paraître réelle, elle a dû coller ensemble deux immenses cartons. Toutefois, elle fut incapable de trouver un moyen pour faire tenir ce décor. On suggéra donc à Ellie de rester *derrière* son décor afin de le tenir en place, pendant que ses amies joueraient la scène *devant*. Ellie se retrouverait donc sur scène bien malgré elle !

Pour leur part, les Écureuils étaient toutes occupées à écrire leurs poèmes. Par contre, Charlie n'avait toujours pas terminé d'écrire le sien, et ce, même si Charlie avait passé un temps fou à y réfléchir et à passer du temps avec Nibbles.

— J'ai essayé et essayé, expliqua Charlie à Jamila, alors qu'elles étaient assises dans la cour de récréation un après-midi après l'école. Mais je n'arrive toujours pas à trouver ce que je voudrais dire !

— Hum, dit Jamila. J'imagine que tu veux écrire quelques mots sur les raisons pour lesquelles tu aimes autant Nibbles, n'est-ce pas?

— Bien sûr, répondit Charlie. Par contre, je ne sais pas *comment* dire ces choses.

— Pourquoi n'écris-tu pas sur ce que tu nous racontes à propos de Nibbles, mais en vers?

— C'est une idée géniale! s'exclama Charlie, esquissant alors un grand sourire sur son visage. Jamila, tu es la meilleure!

Charlie savait qu'elle pouvait compter sur Grace, Katie et Ellie. Elle savait qu'elles seraient toujours ses amies. Elle savait également que Jamila était vraiment la meilleure lorsqu'il s'agissait de trouver des solutions pour résoudre des problèmes. Elle était si gentille et attentionnée! Ce soir-là, elle fit exactement ce que Jamila avait suggéré et elle commença rapidement à rédiger son poème.

Pendant ce temps, Katie et les Renards avaient tout organisé, déterminant qui ferait quel tour de magie lors de leur représentation. Étant très douée pour tout ce qui touche aux jeux de balle, les Renards demandèrent à Katie de se charger d'un numéro de jonglerie. Katie serait en effet la meilleure pour jongler. Ainsi, à chaque minute qu'elle avait de libre, Katie en profitait pour lancer des objets dans les airs. Au début, elle était incapable de jongler avec plus de deux balles à la fois. Cependant, plus la semaine avançait et plus Katie maîtrisait la jonglerie. Elle commença même à s'exercer à jongler avec trois balles en même temps! Elle ne réussit pas toujours à les rattraper, mais elle était déterminée à s'améliorer.

Jamila passait tout son temps libre à la maison à apprendre son morceau de musique sur le clavier pour le Groupe des Blaireaux. Les Blaireaux avaient choisi de jouer un morceau de musique récemment placé au palmarès. C'était une musique fantastique à entendre. Toutefois, Jamila ne voulait commettre aucune erreur lors du

spectacle. Elle profitait donc de tous ses temps libres pour répéter sans arrêt dans sa chambre.

— Peux-tu arrêter ce bruit? lui cria Ramiz, l'un de ses frères, en ouvrant la porte de sa chambre et en entrant en coup de vent. Ça me rend fou!

— Non je ne peux pas! dit Jamila. Je dois le jouer à la perfection pour le spectacle brownie!

— Qui s'intéresse à un stupide spectacle brownie? s'exclama Ramiz. Tout le monde sait que les Louveteaux sont les meilleurs.

— Oh que non! dit Jamila en poussant son frère hors de sa chambre. Les Brownies sont ce qu'il y a de mieux parce les garçons n'y sont pas admis!

Elle continua de répéter. Elle refusait que son frère l'empêche de jouer son morceau à la perfection.

Le mardi suivant, lors de la réunion des Brownies, Vicky et Sam demandèrent de voir tous les numéros du spectacle. Les fillettes regardèrent avec excitation, tandis que chaque sizaine répétait ses chorégraphies. Elles applaudirent toutes avec enthousiasme à la fin de chaque représentation. Une fois que la dernière sizaine eut terminé

sa prestation, Vicky et Sam appelèrent tout le monde dans le cercle brownie.

— Je suis si heureuse de constater que vous avez toutes travaillé très fort, déclara Vicky. Vous avez investi beaucoup d'efforts pour ce spectacle et je suis certaine que ce sera fantastique.

— Comme vous le savez toutes, notre rencontre de la semaine prochaine sera notre dernière réunion brownie avant notre spectacle et notre soirée pyjama du samedi soir, déclara Sam.

— Ouiiiiiii! hurlèrent toutes les Brownies.

— Chacune d'entre vous doit s'assurer d'apporter une copie de cette lettre à la maison, poursuivit Sam. Cette lettre contient tous les deniers détails. Elle précise ce que vous devez apporter et à quelle heure vous devez arriver.

Excitées, les Brownies affichèrent de larges sourires. Elles savaient toutes qu'elles allaient passer la plus belle soirée de toute leur vie.

— Ah oui, j'oubliais : n'oubliez pas que vous devez ramener le coupon confirmant que vous serez présente ! dit Vicky. Il vous faut la permission de vos parents pour participer à la soirée pyjama. Certaines d'entre vous nous ont déjà remis le coupon-réponse. Bravo ! Toutefois, quelques-unes d'entre vous ne nous l'ont pas encore rapporté. Vous ne pourrez pas rester à la soirée pyjama si nous n'avons pas le coupon signé !

— Si jamais vous avez perdu la vôtre, sachez qu'il me reste encore des copies de la lettre d'autorisation, annonça Daisy, en les tenant dans les airs. Voici les noms des Brownies qui doivent nous rapporter leurs coupons…

Charlie, Boo et Ellie faisaient partie de la liste de noms qui venait d'être mentionnés ! Ellie savait que sa mère avait signé la lettre. Toutefois, elle l'avait laissée dans la cuisine par erreur. Elle décida donc qu'il valait mieux la ranger dans sa boîte de promesse brownie dès qu'elle rentrerait

chez elle. De cette façon, elle s'assurerait de ne pas l'oublier encore la semaine prochaine. Par contre, Charlie regarda Boo, l'air perplexe. Leur mère n'avait pas l'habitude d'oublier ce genre de choses !

— N'as-tu pas donné la lettre à maman la semaine dernière ? demanda Charlie à sa grande sœur.

— Non, je croyais que c'est *toi* qui lui avais donné la lettre ! s'exclama Boo. Oh non ! Nous ferions mieux de la lui donner ce soir ! Hé Daisy ! Nous avons besoin de l'une de ces lettres !

Charlie et Boo remirent la lettre à leur père dès qu'il vint les chercher aux Brownies.

— Hummm, dit le père en la lisant. N'y a-t-il pas autre chose qui aura lieu cette même fin de semaine ? Je suis sûr que oui…

— Mais papa, nous devons aller à la soirée pyjama ! dit Boo en criant.

— De plus, nous faisons toutes deux partie du spectacle ! dit Charlie. Nous nous pratiquons depuis tellement longtemps ! On ne peut pas ne pas y aller !

— Oh mon Dieu, dit leur père en soupirant. Dans ce cas, je crois que vous feriez mieux de parler à votre mère.

Charlie et Boo étaient horrifiées. Elles *devaient* aller à la soirée pyjama et au spectacle des Brownies ! Il le *fallait* !

Le matin suivant, Charlie et Boo arrivèrent comme un ouragan dans la cour de récréation. Elles semblaient exaspérées.

— C'est un désastre ! dit Charlie en s'adressant à Jamila et à Ellie.

— Qu'est-ce qu'il y a? demanda Ellie,
inquiète.

— Boo et moi ne pouvons pas venir à la
soirée pyjama et au spectacle des Brownies! gémit
Charlie, en essuyant une larme coulant de son
œil.

— Pas venir? répliquèrent ses deux amies en
même temps.

— Pourquoi? demanda Jamila.

— Parce que nous devons aller chez grand-mère pour la fin de semaine ! répondit Charlie en soupirant. Maman l'a organisé il y a très long-temps. Je pensais que Boo avait donné la lettre à propos du spectacle à maman, tu sais, celle avec toutes les dates et les informations. Or, il s'avère que Boo croyait que c'était moi qui la lui avais donnée. Donc, aucune de nous deux ne l'a fait. Maman ne savait pas que le spectacle et la soirée pyjama avaient lieu en même temps que la fin de semaine chez grand-mère ! Nous ne pouvons pas la laisser tomber.

— Tu dois quand même lire ton poème. Et tu amènes Nibbles ! s'exclama Jamila.

— Je sais, dit Charlie en s'efforçant de ne pas pleurer. Et j'avais tellement hâte à la soirée pyjama.

— Oh, Charlie, *c'est* un vrai désastre ! dit Ellie.

À ce moment précis, elle aperçut Katie et Grace arrivant dans la cour de récréation. Grace boitait.

— C'est un double désastre! s'exclama Ellie.
Ce n'est pas possible. Regardez!

Elle pointa un doigt en direction de ses deux
autres amies.

— Qu'est-il arrivé à Grace? Elle a un bandage autour de sa cheville!

Brownies

Chapitre 5

— Grace, est-ce que ça va?

Jamila, Ellie et Charlie se précipitèrent vers elle.

— Que s'est-il passé? demanda Charlie, oubliant alors son propre problème.

— C'est arrivé hier soir, expliqua Grace. Je répétais la chorégraphie. J'étais arrivée à la partie où nous sautons toutes. J'ai alors chancelé et puis, *crac*! ma cheville s'est tordue!

— Elle a dû aller à l'hôpital pour une radiographie, dit Katie d'une façon théâtrale.

— Est-elle cassée? demanda Ellie.

— Non, Dieu merci, répondit Grace. Ils ont dit que je me suis étiré des ligaments.

Brownies

— Les ligaments sont les parties à l'intérieur de ton corps qui relient ensemble les os et les autres parties, expliqua habilement Katie.

— Je dois porter ce bandage et ça me démange vraiment! déclara Grace.

— Pendant combien de temps devras-tu le garder? demanda Jamila.

— Au moins une semaine, répondit Katie.

— Alors tu ne pourras pas danser au spectacle brownie! s'exclama Jamila.

— Je sais, dit Grace en soupirant, tandis que des larmes lui montaient aux yeux. Dire que je me réjouissais tellement à l'idée de participer au spectacle !

Charlie et Boo étaient toujours de très mauvaise humeur lorsqu'elles rentrèrent de l'école.

— Habituellement, vous adorez rendre visite à grand-maman, dit leur mère.

— Ouais, dit Boo. Mais j'adore aussi la soirée pyjama et le spectacle des Brownies !

— Et, jusqu'ici, je n'ai jamais eu l'occasion d'assister à une soirée pyjama des Brownies ! s'exclama Charlie. Cela aurait été ma toute première expérience !

— De plus, nous allons laisser tomber toutes les autres Lapins et Écureuils ! ronchonna Boo. C'est *tellement* injuste !

La mère regarda ses deux filles.

— Je sais que vous aimez les Brownies, dit-elle. Mais, nous avons planifié cette fin de semaine chez grand-maman il y a très longtemps. Bien avant d'entendre parler du spectacle brownie. Et nous ne pouvons pas laisser tomber grand-mère. Je suis désolée, les filles.

Plus tard ce soir-là, Boo et Charlie décidèrent de téléphoner à leur grand-mère.

— Votre mère m'a dit plus tôt qu'il y avait un problème, dit leur grand-mère. Alors j'ai eu une idée.

— Laquelle ? demanda Boo, en tenant l'appareil loin de son oreille afin que Charlie puisse entendre aussi.

— Eh bien, nous ne pouvons pas vous laisser rater votre soirée, dit leur grand-mère. Alors c'est *moi* qui viendrai *vous* visiter la fin de semaine prochaine. De cette manière, je pourrai moi aussi assister à votre spectacle !

— Oui ! hurla Charlie en arrachant le téléphone des mains de sa sœur. Grand-maman, tu es la meilleure !

Le lendemain matin à l'école, les sœurs étaient impatientes de transmettre aux autres leur bonne nouvelle.

— Je ne pouvais pas m'imaginer aller à la soirée pyjama sans vous, dit Jamila en serrant Charlie dans ses bras.

— Cela n'aurait pas été pareil! dit Ellie, en soupirant.

— Et le spectacle non plus, ajouta Grace. En fait, cela aurait été un désastre. D'abord, parce que ma cheville est tordue, et ensuite parce que Boo et toi alliez nous abandonner!

— Eh bien, grand-maman a tout réglé! déclara Boo.

— As-tu regardé la liste des choses que nous devons apporter pour la soirée pyjama? demanda Katie.

Le mardi soir, à la fin de la réunion des Brownies, Sam leur avait remis une liste du matériel à apporter.

— Oui, et maman et moi allons acheter un sac de couchage samedi, annonça Ellie excitée.

— Génial! dit Grace.

— Oh, et maman se demandait si vous aimeriez toutes venir chez nous pour boire le thé dimanche après-midi, poursuivit Ellie. Nous

pourrions nous réunir avec tout notre matériel pour la soirée pyjama !

— Allez les Brownies ! dirent les autres en applaudissant.

Tel que convenu, les cinq amies se réunirent le dimanche à l'appartement d'Ellie, avec tout leur matériel.

— Empilons devant nous tous les objets figurant sur la liste, proposa Katie qui organisait ses amies. Ensuite nous pourrons voir si nous avons oublié quelque chose.

— D'accord, dit Jamila. Je vais la lire à haute voix.

Les fillettes terminèrent rapidement et restèrent plantées à admirer leurs paquets pour la soirée pyjama.

— Je suis tellement excitée, j'ai trop hâte ! dit Charlie.

— Notre première soirée pyjama brownie ! s'exclama Grace.

Jamila rigola.

— J'ai des papillons dans le ventre !

— Non, c'est ton ventre qui te dit que tu as faim ! lui dit Ellie en riant. Allons donc boire une tasse de thé.

À la réunion brownie, les Lapins étaient boule-versées de voir que Grace portait toujours son bandage.

— Mais tu fais un solo pendant le spectacle ! gémit Caitlin.

— On ne peut pas faire la chorégraphie sans toi ! dit Molly.

— Je m'excuse, dit Grace avec tristesse. J'ai tout gâché !

— Il y a sûrement un moyen pour faire en sorte que Grace puisse tout de même participer, dit Boo, en se tournant vers les autres filles de la sizaine.

— Comment? se demanda Lucy.

Vicky et Sam vinrent à la table de la sizaine des Lapins. Elles avaient parlé à la mère de Grace et de Katie, lorsque celle-ci était venue déposer les filles.

— Votre mère vient juste de nous faire part de ton accident, dit Vicky. Cela semble douloureux.

— Ce l'était, dit Grace en approuvant de la tête. Mais je vais beaucoup mieux maintenant.

— Je suis heureuse d'entendre ça, dit Sam. Cependant, qu'allons-nous faire pour ta présentation au spectacle?

— Je crois que tu devras t'asseoir et regarder les autres Lapins, dit Vicky en soupirant.

— Mais on ne peut pas le faire sans elle ! s'exclama Lucy.

— Ouais, dit Caitlin. Si Grace ne le fait pas, alors je pense que nous devrions toutes nous retirer.

— Oh, dit Vicky, impressionnée par la loyauté des Lapins envers leur amie.

— Eh bien, c'est évident, non ? déclara Boo. Nous allons devoir trouver une façon pour que Grace puisse participer. Il faut simplement accepter l'idée qu'elle ne pourra danser son solo.

— Penses-tu que je pourrais ? demanda Grace, au moment même où un sourire apparaissait sur son visage.

— T'en crois-tu capable ? demanda Vicky.

— Et comment ! répondit Grace.

Plus tard dans la semaine, les cinq amies discutaient des Brownies dans la cour de récréation.

— Croyez-vous que je peux emmener Câlinours avec moi à la soirée pyjama ? demanda Ellie.

Câlinours était un jouet qu'elle conservait depuis qu'elle était bébé. Elle ne pouvait pas dormir sans lui.

— Bien sûr ! dit Jamila. Je vais apporter *mon* ourson. Et qu'on n'essaie pas de m'en empêcher !

— J'ai tellement hâte à la soirée pyjama ! s'exclama Grace. Croyez-vous que nous allons jouer à des jeux ?

— D'après Boo, il y aura des jeux et des chansons et de la nourriture ! dit Charlie en rigolant. Ce sera tellement amusant !

— Une véritable aventure brownie ! dit Katie.

Samedi soir arriva enfin, la soirée du spectacle et de la soirée pyjama annuelle de la première unité des Brownies de Badenbridge ! Les cinq meilleures amies aidèrent les autres Brownies à installer des chaises dans la salle pour accueillir le public venant assister au spectacle. Pendant ce temps, les mamans, les papas, les grand-mamans et les grand-papas, les tantes, les oncles, les frères et les sœurs commençaient déjà à arriver !

— Brownies : auriez-vous la gentillesse de déposer votre matériel pour la soirée pyjama à l'arrière de la salle? dit Vicky, en prenant les choses en main. Venez ensuite sur le côté de la scène et asseyez-vous dans vos groupes. Toutes les personnes venues assister au spectacle, veuillez prendre un siège et installez-vous confortablement pour bien voir!

— N'est-ce pas excitant? dit Jamila en serrant Ellie dans ses bras. Je n'ai jamais vu une soirée pyjama où il y a tant de monde. Et toi?

— Non, lui répondit Ellie avec un grand sourire. Je n'ai jamais fait partie d'un spectacle non plus. J'ai vraiment peur!

— N'aies pas peur, dit Charlie. Regarde, Nibbles participera au spectacle et il n'est pas effrayé!

Elle tint la cage de Nibbles dans les airs. Il contractait nerveusement ses moustaches, tout en regardant tout autour de la pièce.

— Il est si mignon! dit Grace.

— Comment va ta cheville? demanda Jamila.

— Beaucoup mieux, merci, répondit Grace. Et je n'ai plus besoin de mettre un bandage. Je vais très bien me débrouiller avec la nouvelle chorégraphie.

— Bon, dit Katie. Apportons notre matériel. Nous devrions prendre nos places.

— D'accord, dit Charlie. Il faut juste que je laisse d'abord Nibbles avec Georgia et ma grand-mère.

— Bonjour les filles ! dit la grand-mère de
Charlie, en souriant aux meilleures amies qui se
précipitaient vers elle. C'est magnifique de vous
voir toutes. Et je me réjouis vraiment de voir
votre spectacle !

— Merci, répondirent-elles avec un grand
sourire.

— À plus tard Nibbles ! dit Charlie, en dépo-
sant sa cage à côté de sa petite sœur. Peux-tu
surveiller Nibbles pendant quelques minutes,
Georgia ?

— Iii ! dit-elle en souriant et en faisant oui de
la tête.

Georgia, qui avait
deux ans, était aussi excitée
de voir le spectacle que
toutes les Brownies qui y
participaient.

Les fillettes coururent
à l'arrière de la salle en

portant leur matériel pour la soirée pyjama. Puis elles rejoignirent leur sizaine en coulisse, se sentant nerveuses et excitées. Quelques minutes plus tard, ce fut l'heure de commencer.

— Bien! déclara Vicky. Sommes-nous prêtes?

— Oups! dit Charlie. J'ai oublié Nibbles. Je vais juste aller le chercher.

Elle courut vers l'endroit où était assise sa famille.

— Oh non! cria-t-elle. Nibbles a disparu! Il n'est plus dans sa cage!

Chapitre 6

Il y eut des sursauts de surprise venant de la salle.

— Ne paniquez pas! déclara Vicky en levant sa main droite.

Toutes les Brownies se turent instantanément et levèrent aussi la main droite. Bien vite, la plupart des personnes dans le public avait également cessé de parler.

— Bien, dit Vicky. Nous avons perdu un cochon d'Inde! Aidez-nous s'il vous plaît à le retrouver!

— *S'il vous plaît*, ne marchez surtout pas sans regarder où vous mettez les pieds! s'exclama Charlie. Je ne veux pas que Nibbles se fasse écraser!

Un adulte se dirigea vers la porte d'entrée pour s'assurer qu'elle était bien fermée. Le désastre eut été encore plus grave si Nibbles avait réussi à sortir dehors ! Quelques Brownies regardèrent dans la cuisine et d'autres dans tout le matériel qui avait été apporté pour la soirée pyjama. Pendant ce temps, les adultes vérifièrent sous les chaises.

Charlie était désespérée. Et si Nibbles était *effectivement* sorti à l'extérieur ? Et s'il s'était fait écraser ? Le simple fait de penser à ces choses arrivait à terrifier la pauvre Charlie. Les recherches se poursuivirent. Toutefois, personne ne vit Nibbles nulle part.

Georgia, la petite sœur de Charlie, était assise sur une chaise et regardait tout le monde alentour d'elle. La grand-mère de Charlie l'avait installée sur son siège et lui avait dit d'être obéissante et de ne pas bouger pendant qu'elle aiderait les autres à chercher Nibbles.

— Oh, Georgia, lui dit Charlie en reniflant. Où Nibbles est-il parti?

Elle ne s'attendait pas vraiment à une réponse, étant donné que Georgia ne pouvait pas encore parler beaucoup. Charlie était cependant certaine que Georgia savait qu'il se passait quelque chose.

— Ni-be! dit Georgia en souriant.

— Je sais! répondit Charlie en reniflant. Je l'ai perdu.

— Non! Ni-be! répéta Georgia.

— Peux-tu le voir, Georgia? demanda Charlie. Est-il sous la chaise?

— Ni-be! répéta Georgia à nouveau en agitant frénétiquement ses jambes. Si!

— Il est ici?

Charlie regarda, anxieuse.

— Si!

Georgia rigola en pointant ses petits doigts de bébé sur elle-même.

— Ni-be si!

Charlie regarda sa petite sœur. «Si» voulait généralement dire «ici» dans le langage de Georgia. Et elle pointait vers elle.

— As-tu Nibbles? lui demanda Charlie.

— Iii! répondit Georgia avec un grand sourire. Si!

Elle pointa de nouveau ses doigts vers elle.

— Tu as Nibbles? dit Charlie, l'air perplexe. Grand-maman!

Sa grand-mère leva les yeux.

— L'as-tu trouvé? Est-ce que Georgia l'a vu?

— Georgia, où est Nibbles ? lui demanda Charlie à nouveau.

— Si ! dit Georgia en sortant Nibbles de sous son manteau, comme si elle effectuait l'un des tours de magie des Renards. Pour Charlie ! Ni-be !

Nibbles était sain et sauf !

Personne n'était sûr si Georgia avait effectivement sorti Nibbles de sa cage ou si elle l'avait trouvé et le surveillait. Mais tous étaient soulagés qu'il aille bien et que le spectacle des Brownies puisse commencer.

Daisy décrivit rapidement aux spectateurs tous les numéros qui leur seraient présentés durant le spectacle. Les Renards furent les premières à s'exécuter. Jessica, Emma, Lottie, Amber et Katie avaient toutes appris des tours de cartes qu'elles réalisèrent avec succès, grâce à la collaboration de membres de l'assistance. Ensuite, Amber fit « disparaître » Lottie dans une boîte en carton (même si quelques-unes des Brownies croyaient pouvoir voir un bout de son pantalon). Jessica fit quant à elle sortir un faux lapin d'un chapeau. Katie avait répété sa jonglerie pendant des heures. Toutefois, à la vue d'une salle remplie d'adultes et de Brownies, elle fut si nerveuse qu'elle laissa tomber les trois balles lestées pendant ses premiers lancers. Elle les ramassa toutes et recommença. Cette fois, elle réussit à la perfection. Tout le monde applaudit et lui lança des hourras quand elle eut terminé.

— Bravo, les Renards !

Sam leur sourit alors qu'elles descendirent de la scène.

— Grâce à vous, le spectacle a débuté d'une excellente manière !

Ensuite, ce fut au tour du Groupe des Blaireaux d'entrer en scène. Elles s'avancèrent sur la scène avec tous leurs instruments et prirent un certain temps pour s'installer. Puis Izzy donna le coup d'envoi et elles jouèrent leur premier accord. Toutes, sauf Jamila. Son clavier ne fit pas un son!

Rouge écarlate, Jamila essaya à nouveau de jouer l'accord. Toujours aucun son. Elle pouvait entendre ses frères, Ramiz et Sabir, rigoler au premier rang, où ils étaient assis avec leurs parents. Elle savait que quelque chose de ce genre allait arriver s'ils venaient au spectacle ! Mais pourquoi son clavier ne produisait-il aucun son ? Il avait bien fonctionné à la maison plus tôt dans la journée.

— Est-ce que je peux faire quelque chose ? demanda Vicky.

— Je ne comprends pas ce qui ne va pas, répondit Jamila, se sentant impuissante.

Les autres Blaireaux se rassemblèrent.

— Est-il allumé ? demanda Holly.

— Oui, dit Jamila en pointant vers l'interrupteur.

— La prise est-elle branchée ? suggéra Izzy.

— Je vais jeter un œil, dit Vicky. Où l'as-tu branché ?

Le visage de Jamila devint rouge.

— Oh non! J'ai oublié de brancher la prise!

Ramiz et Sabir riaient alors bruyamment. Jamila les regarda et vit sa mère les disputer.

«Bien fait pour eux!» se dit-elle.

— C'est réglé! déclara Vicky.

Jamila posa son doigt sur une touche. Cela fonctionnait!

— Désolée… s'excusa Jamila auprès de sa sizaine.

— Allons-y, dit Izzy. Et en avant la musique!

L'assistance se mit rapidement à taper des mains et des pieds en entendant le rythme des chansons jouées par le Groupe des Blaireaux.

Les Lapins présentèrent ensuite leur chanson et leur numéro de danse. Grace avait des papillons dans le ventre avant de commencer. Toutefois, elle était déterminée à ne pas laisser tomber sa sizaine. Lucy et Molly prirent leurs places respectives sur la scène. Une fois que la musique

commença, Grace, Caitlin et Boo les rejoignirent. Dès qu'elles se mirent à danser, Grace oublia sa nervosité. En fait, elle oublia presque les changements qui avaient été apportées à la chorégraphie à cause de sa blessure à la cheville ! Il y eut un moment où Lucy commença à tourner vers la gauche alors qu'elle devait le faire vers la droite, puis Grace eut une légère perte d'équilibre lors d'un virage. Malgré cela, elles réussirent toutes à terminer avec un sourire rayonnant sur le visage. Il y eut une énorme vague d'applaudissements de la part de tout le monde !

Ensuite, ce fut au tour de Nibbles d'apparaître... pour la deuxième fois ! Cette fois, il se contenta cependant de remuer ses moustaches depuis *l'intérieur* de sa cage. Pendant ce temps, les

Écureuils lurent leurs poèmes. Ashvini commença la première. Elle lut des vers où il était question d'animaux de ferme — animaux dont elle imita les sons. La salle fut pliée de rire. Megan lut son poème sur les chiens et les chats, tandis que Bethany en lut un à propos de deux éléphants en promenade. Elle imita les mouvements de leurs trompes se balançant. Faith avait écrit un poème magnifique racontant l'histoire d'oiseaux voyageant de pays en pays, lors des changements de saisons. Enfin, Charlie récita ses vers avec Nibbles. Il était si mignon, regardant fixement le public. Il fronça son museau au moment précis où Charlie lui dit à quel point elle l'aimait! Dans la salle, on put entendre tout le monde dire «Oooh!»

Les dernières à monter sur scène furent les Hérissons afin de jouer leur pièce de théâtre. Elle expliquait en quoi consistait la promesse brownie et de quelle manière les Brownies font toujours de leur mieux. Ellie s'efforça de tenir fermement

son décor avec le canapé. Le public rit lorsque Amy et Sukia firent semblant de s'asseoir sur le canapé qu'Ellie avait peint. Puis, Poppy buta sur ses mots. Confortablement cachée derrière le décor,
Ellie se souvint des mots que devait dire Poppy et les lui chuchota discrètement. Elle n'arrivait pas à croire qu'elle avait presque joué sur scène !

Le spectacle des Brownies prit fin. Le public applaudit et poussa des hourras pour montrer qu'il avait apprécié.

— Merci, les Brownies ! s'exclama Sam en souriant. C'était fantastique. Maintenant je suis sûre que vous aimeriez toutes remercier le public d'être venu.

Les Brownies applaudirent avec enthousiasme leurs familles et amis.

— Et maintenant, c'est le début de la soirée pyjama annuelle des Brownies! annonça Vicky.

Les Brownies applaudirent bruyamment.

— Si vous pouvez toutes aller saluer vos familles, les Brownies pourront alors se préparer à s'amuser encore plus! poursuivit Vicky.

Partout dans la salle, on vit les filles dire au revoir à leurs familles. Charlie donna Nibbles à ses parents pour qu'ils le ramènent à la maison, puis elle et Boo leur firent un signe de la main, ainsi qu'à leur grand-mère et à Georgia. Une fois que la mère de Grace et de Katie fut partie, les jumelles aidèrent Daisy à préparer des jeux.

Jamila dit au revoir à ses parents et bon débarras à ses frères agaçants. Puis elle rejoignit les autres afin de donner elle aussi un coup de main. Elle vit alors Ellie qui serrait sa mère et constata qu'elle pleurait. Jamila se précipita vers elle.

— Qu'est-ce qui se passe, Ellie ? lui demanda-t-elle, l'air inquiet.

— Elle se sent un peu nerveuse à propos de la soirée pyjama, expliqua la mère d'Ellie.

— Oh, ne t'en fais pas, la rassura Jamila. Nous serons là, toutes tes meilleures amies. Et nous allons avoir une super soirée !

Katie accourut à son tour.

— Allez, Ellie, nous avons besoin que tu sois là pour notre fête! déclara-t-elle.

— Et pour nous aider pour les chansons, dit Jamila. Tu te souviens toujours des mots et moi pas!

Ellie s'essuya le nez avec le mouchoir de sa mère puis sourit.

— C'est sûr, affirma-t-elle. Alors je te verrai demain, maman?

— Je serai la première arrivée demain matin, lui répondit sa mère en souriant. Amusez-vous bien!

— Allez, dit Jamila. Allons voir ce que nous allons faire en premier!

Brownies

Chapitre 7

Une fois que toutes les familles eurent quitté la salle, les Brownies restèrent afin de parler ensemble, avec excitation, de la soirée pyjama.

— Pensez-vous que nous devons nous mettre en pyjama maintenant? demanda Charlie à ses amies.

— Mais il est encore plutôt de bonne heure! s'exclama Grace.

— Ouais. N'est-on pas censée jouer à des jeux et faire d'autres activités? se demanda Ellie.

Avant que quiconque n'ait eu le temps de poser d'autres questions, les Brownies remarquèrent que Vicky et Sam avaient toutes deux levé leur main droite.

Les Brownies firent rapidement de même et la salle devint silencieuse.

— Merci les filles ! dit Vicky en souriant. Bien, réunissons-nous dans le cercle brownie afin que nous puissions vous expliquer le déroulement de la soirée.

Les Brownies obtempérèrent immédiatement à la demande de Vicky.

— Pour commencer, nous avons besoin de votre aide pour la préparation du festin !

Il y eut des applaudissements de la part des fillettes excitées. On leur avait demandé d'apporter de la nourriture et elles étaient impatientes de voir les choses délicieuses qu'il y aurait à manger !

— Après notre festin, continua Vicky, nous jouerons à des jeux. Puis nous avons pensé que nous pourrions chanter des chansons et raconter des histoires. Est-ce que cela vous convient ?

— Ouiiiiii ! répondirent les Brownies.

— Bien! déclara Vicky en affichant un grand sourire. Dans ce cas, disposons toutes ensemble le festin.

— C'est délicieux! déclara Katie en tendant le bras pour prendre un deuxième cupcake.

— Oh oui! approuva Jamila qui essayait de décider quoi manger ensuite.

Sur les tables, il y avait des pizzas, des sand-
wichs, des bâtonnets de carottes, des morceaux
de pommes, des croustilles, des gâteaux, des
muffins et toutes sortes de biscuits. Il y avait aussi
différents jus et de la limonade à boire. Toutes les
Brownies bavardaient, rigolaient et mangeaient
en même temps.

— À quels jeux allons-nous jouer? demanda
Ellie à Sam, tout en grignotant une tranche de
pizza.

— Eh bien, le premier est un jeu de mime,
répondit Sam. Il s'appelle Charades. As-tu déjà
joué à ce jeu auparavant?

— Je n'en suis pas sûre, dit Ellie. Comment
ça se joue?

Sam expliqua que cela se joue en sizaines. Un
groupe mime, sans parler, le titre d'un film, d'un
livre ou d'un programme de télévision et les
autres sizaines doivent deviner ce que les membres du groupe miment.

— C'est vraiment très amusant, dit Sam.

— Allons-nous jouer à d'autres jeux après celui-là ? demanda Charlie pleine d'espoir.

— Oh oui ! répondit Sam. Requins, et ensuite Beignets !

— Comment joue-t-on à ces jeux ? se demanda Jamila. Elle n'en avait jamais entendu parler.

— Attendez et vous verrez ! répondit Sam en riant. Allez, mangez !

Une fois que les Brownies eurent terminé leur festin, elles eurent une courte pause avant de jouer à Charades. Sam avait raison : c'était vraiment amusant. Les Brownies ne cessèrent de s'écrouler de rire.

Les Blaireaux imitèrent *L'incroyable Hulk*. Izzy fourra des vêtements dans son haut de brownie afin de ressembler à ce personnage. Elle avait l'air si drôle. Pourtant, personne n'arriva à deviner qui elle s'efforçait d'incarner !

Les Hérissons mimèrent *Il était une fois*. Amy joua le rôle de Giselle. Pour sa part, Ellie était totalement convaincue d'être le Prince Edward. Or, habituellement, Ellie n'aime pas jouer la comédie. Ce fut à ce point amusant qu'Ellie en oublia presque sa timidité : elle ne semblait pas du tout mal à l'aise d'être

le centre de l'attention. Lauren joua le rôle de la Reine Narissa et ne cessa de fixer les filles des autres sizaines, en pointant ses doigts vers elles. Ce furent les Écureuils qui réussirent finalement à deviner qui elle incarnait.

Une fois le jeu de Charades terminé, les Brownies découvrirent celui appelé Requins. Il s'agissait d'un jeu leur permettant de jouer ensemble, tout le groupe à la fois. Sam utilisa une longue corde afin former un cercle sur le sol. Ce cercle devenait alors une île, c'est-à-dire un

endroit sûr où ils étaient à l'abri de requins…
imaginaires! Lorsque Vicky criait «orageux» les
Brownies devaient courir. Si elle criait «agité», il
fallait sauter, «pluie» voulait dire qu'il fallait sau-
tiller, «journée ensoleillée» voulait dire marcher
et «jour venteux» voulait dire qu'il fallait tour-
noyer. Mais lorsqu'elle disait «requins!», il fallait
rapidement sauter sur l'île, à l'intérieur de la
corde. Or, Sam avait décidé que la marée devait
continuer à monter et à monter. Le diamètre de
la corde — et donc de l'île — diminuait donc
continuellement. Alors quand les requins arrivèrent, les Brownies ne purent pas toutes entrer sur
l'île. Et si vous ne pouviez pas y être, les requins
vous attrapaient et vous étiez alors éliminée!

Beignets fut un jeu tout aussi amusant. Les
Brownies formèrent à nouveau un cercle. Mais
cette fois, une des fillettes devait se tenir au
milieu, fermer les yeux et compter jusqu'à 10

avant de taper dans ses mains. Puis, elle devait recommencer à compter! Pendant ce temps, les autres Brownies devaient se passer une balle autour du cercle. Quand la Brownie au centre du cercle tapait dans ses mains, celle qui avait la balle dans ses mains devait s'asseoir par terre, étant alors éliminée. Ce manège se reproduit encore et encore, jusqu'à ce qu'il ne reste plus qu'une seule Brownie debout, c'est-à-dire la gagnante. Ce fut tellement amusant!

Une fois le jeu Beignets terminé, Vicky leva la main droite. Toutes les Brownies firent de même et peu à peu la salle devint silencieuse.

— Maintenant, nous avons quelque chose de très important à faire, annonça Vicky. Est-ce que l'une d'entre vous s'en souvient?

— Dormir? suggéra Amy.

Sam rigola.

— Oui, mais ce sera pour plus tard. D'abord, il y a quelque chose d'important que nous aimerions faire.

— Cette chose importante que nous devons toutes faire, c'est dire au revoir à Jessica, ajouta Vicky.

— Ahhh, dirent les Brownies en soupirant.

— Allez, pressa Sam, formons un cercle brownie.

Rapidement les Brownies se rassemblèrent et Vicky demanda à Jessica de venir se mettre debout avec elle et Sam.

— Bien, dit Vicky. Certaines de tes amies brownies aimeraient te dire plusieurs choses.

Jessica sourit lorsque Megan, Molly, Izzy et Lauren, les quatre autres sizenières de la première unité des Brownies de Badenbridge, de même qu'Emma, la seconde des Renards, se placèrent au centre du cercle brownie. Chacune d'entre elles tenait une feuille de papier dans ses mains.

— Jessica a rejoint les Brownies à l'âge de
sept ans, dit Emma en s'avançant et en lisant ses
notes. Elle a été ma copine brownie quand je suis
arrivée. Et grâce à elle, je me suis vraiment sentie
la bienvenue.

Puis Megan s'avança à son tour.

— Jessica a fait un tas de choses depuis qu'elle
est devenue une Brownie, dit Megan. Elle a travaillé pour obtenir 10 insignes et a participé au
camp brownie. Elle a participé à quatre spectacles
des Brownies comme celui que nous avons présenté ce soir.

— Quatre ! dirent à l'unisson quelques
fillettes parmi les plus jeunes, le souffle coupé.

— L'été dernier, j'ai participé à des vacances
organisées par l'unité brownie, en compagnie de
Jessica, dit Molly.

Tout en disant ces mots, Molly souriait à son
amie.

— Jessica a été très brave, car elle a sorti une araignée de la douche lorsque je m'y trouvais. Et elle a aussi été très gentille avec moi quand je m'ennuyais de mes parents.

— Ahhh! dirent les Brownies en soupirant.

— Je suis allée à une Journée d'aventure brownie avec Jessica, déclara Izzy. Il y avait des Brownies, des Guides, des Castors, des Louveteaux et des Éclaireurs provenant d'un tas de différentes unités. C'était fantastique. Nous avons joué au cricket, tenu des hiboux, avons aidé à faire un gigantesque feu de camp et avons eu l'occasion de faire du tir à l'arc. Nous avons eu aussi la possibilité de grimper un mur d'escalade et je n'étais pas sûre de vouloir le faire. Mais Jessica m'a dit que j'en étais capable et elle a grimpé le mur en même temps que moi. J'ai été vraiment contente de le faire, car cela a été très,

très amusant. Mon frère n'a pas été assez coura-
geux pour le faire avec les Louveteaux !

Toutes les Brownies rirent en entendant cela.
Puis, enfin, Lauren s'avança à son tour pour
parler.

— Jessica est drôle, gentille et courageuse et
vraiment très amusante, dit-elle. Nous sommes
très heureuses que tu aies été une Brownie avec
nous, Jessica. Tu vas nous manquer, mais les
Guides vont avoir une super nouvelle amie.

— Ouaisss ! approuvèrent tous les membres
de la première unité des Brownies de Badenbridge.

— Merci, les filles, dit Sam. C'était vraiment
très bien. Je crois que nous comprenons toutes
très bien ce que vous ressentez pour Jessica. Nous
avons adoré l'avoir parmi nous. En reconnais-
sance pour tout ceci, chère Jessica, nous aimerions te présenter cet insigne spécial.

Vicky sourit.

— Cet insigne t'es remis afin de te remercier d'avoir été une Brownie et d'avoir fait autant pour la première unité des Brownies de Badenbridge.

Sam tendit l'insigne à Jessica qui rougit et afficha un grand sourire fendu jusqu'aux oreilles.

— Merci! dit Jessica.

— C'est aussi pour que tu l'apportes avec toi chez les Guides, dit Vicky. Tu pourras le porter

sur ton uniforme des Guides pour montrer aux autres que tu as été une Brownie. Bravo Jessica.

Toutes les Brownies applaudirent et poussèrent des hourras.

Brownies

Chapitre 8

Une fois que la présentation spéciale pour Jessica fut terminée, Daisy demanda aux Brownies de rester dans le cercle pour chanter.

— Je vais vous montrer quelques-unes des chansons d'action que nous chantons au camp! leur annonça-t-elle. Est-ce que les Brownies qui ont participé aux vacances de l'unité pourraient expliquer ce que sont les chansons d'action, s'il vous plaît?

Six parmi les plus anciennes Brownies, dont bien sûr Jessica, se levèrent. Les autres Brownies regardèrent avec enthousiasme, tandis qu'elles commencèrent à chanter la première chanson et à l'accompagner de gestes.

— C'est super! Jamila rigola en se levant avec ses amies et en les rejoignant pour la première chanson, intitulée *Tête, épaules, genoux et orteils*.

Les Brownies ne croyaient pas qu'un jour elles riraient autant. Elles ignoraient aussi qu'il était possible d'avoir autant de plaisir en chantant des chansons comme *Thumbs up* ou encore *Si tu aimes le soleil*. Elles ne purent s'arrêter de rire alors qu'elles s'efforçaient de suivre la musique, de même que les paroles et les gestes de ces chansons.

Lorsque le temps des chansons fut terminé, ce fut le moment de raconter des histoires.

— Je n'ai jamais cru que nous ferions autant de choses en une soirée! dit Charlie.

— Moi non plus, approuva Ellie. La dernière fois que j'ai participé à une soirée pyjama avec mes amies dans mon ancienne maison, nous avons simplement regardé des DVD, puis parlé

un peu, avant de nous endormir. Nous avons même oublié de nous réveiller pour notre festin!

Vicky raconta la première histoire. Puis, Sam proposa aux Brownies d'inventer la prochaine histoire. Elle commença la première phrase, en racontant l'histoire de deux Brownies qui rendirent un jour service à quelqu'un. Puis, Vicky inventa la deuxième phrase de cette histoire. Ensuite, les Brownies assises dans le cercle durent, chacune leur tour, suggérer ce qui arriva à ces deux Brownies. Toutes eurent des idées vraiment brillantes. Tant et si bien que l'histoire devint de plus en plus drôle. L'histoire fit le tour et revint finalement vers Sam. Elle regarda les Brownies en racontant la dernière phrase. Puis, elle remarqua qu'un grand nombre de filles avaient commencé à bâiller.

Elle sourit.

— Eh bien! On dirait que vous êtes toutes épuisées! Vous devriez installer vos sacs de

couchage, puis enfiler votre pyjama et brosser vos dents.

— Vite ! dit Katie aux autres. Attrapez vos sacs de couchage ! Nous pourrons alors nous assurer que nous dormirons toutes les unes à côté des autres !

Les fillettes coururent chercher leurs affaires.

— Et si nous posions nos choses là-bas ? suggéra Ellie en pointant vers l'autre côté de la salle.

— Bonne idée, approuva Jamila.

Les cinq amies déroulèrent leurs sacs de couchage et les étalèrent en rang. Elles enfilèrent ensuite leurs pyjamas, puis rejoignirent la file s'étant formée devant la salle de bain où elles devaient laver leur visage et brosser leurs dents.

Dix minutes plus tard, les fillettes étaient toutes rentrées dans leurs sacs de couchage.

— Je suis trop excitée pour dormir, dit Charlie en soupirant.

Tout en disant ces mots, elle se blottissait contre un cochon d'Inde duveteux qu'elle traînait toujours au lit avec elle. Cette peluche s'appelait Nibbles Deux et ressemblait exactement au véritable Nibbles.

— Moi aussi! déclara Grace, tout en étouffant un bâillement.

— On ne dirait pas ! dit Katie en rigolant, avant de se mettre elle aussi à bâiller.

— Est-ce que tout le monde est passé aux toilettes ? demanda Vicky.

Vêtue d'une tenue de nuit, elle se tenait debout, près de la porte, tout près de l'interrupteur, tout en tenant une lampe de poche dans sa main.

— Savez-vous toutes où sont vos lampes de poche ? demanda Sam.

Toutes les Brownies vérifièrent et assurèrent que oui.

— Eh bien, dans ce cas, dit Vicky en éteignant les lumières, dormez bien les Brownies ! À demain matin !

La salle devint rapidement complètement silencieuse. Dehors, la pluie tombait à grosses gouttes sur la chaussée. Grace, Katie, Charlie, Jamila et Ellie avaient cru qu'elles continueraient à bavarder une fois les lumières éteintes. Or, elles étaient si fatiguées qu'elles tombèrent rapidement endormies. C'est du moins ce qui s'est passé pour Grace, Katie, Charlie et Jamila. Pour sa part, Ellie n'arrivait pas à s'endormir, même lorsqu'elle serrait Câlinours contre son cœur. L'agitation causée par tous les jeux l'avait empêché de penser à la maison. Mais maintenant que tout était devenu calme, Ellie se sentait à nouveau triste. Elle aurait souhaité être blottie avec Câlinours, mais chez elle.

Ellie entendit quelqu'un tousser alors elle sut qu'elle n'était pas la seule à être encore éveillée. Elle étreignit Câlinours encore plus près d'elle et ferma très fort les yeux, tout en écoutant le bruit de la pluie et les rafales de vent qui sifflaient à travers les arbres.

Puis elle l'entendit.

Waaaaa !

Qu'est-ce que c'était ?

Elle entendit à nouveau ce son. Ce bruit ressemblait à un gémissement, semblable aux sons émis par une personne qui chante faux.

Ellie jeta alors un coup d'œil furtif hors de son sac de couchage. L'une des Brownies s'était-elle réveillée et mise à chanter? Pourtant, la salle était parfaitement silencieuse.

«Ce doit être le fruit de mon imagination», se dit-elle.

Or, le bruit recommença aussitôt. Et cette fois-ci, elle entendit ce son pendant un bon moment!

Waaa! Waaaaa!

— Charlie! chuchota Ellie, en agrippant l'épaule de son amie.

Charlie était profondément endormie et immobile comme une bûche. Ellie continua de la secouer encore et encore, jusqu'à ce qu'elle dise enfin :

— Qu'est-ce qu'il y a? Qu'est-ce qui se passe?

— Il y a un bruit ! siffla Ellie. Écoute !

Charlie s'assit lentement. Venant tout juste de quitter la chaleur et le confort de son sac de couchage, elle frissonnait.

— C'est simplement le vent. Je n'entends rien d'autre, dit-elle en frottant ses yeux endormis. Rendors-toi Ellie !

Waaaaaaaaaaaa !

— Haaaa ! cria Charlie, désormais très bien réveillée. C'était quoi *ça* ?

— Tu vois bien que j'avais raison ! chuchota Ellie. J'ai peur ! Katie ! Jamila ! Grace ! Réveillez-vous ! Il y a quelque chose d'effrayant dans la salle !

Ellie s'allongea sur toutes ses amies en les secouant pour les réveiller.

— Qu'est-ce qui se passe ? demanda Katie, somnolente.

— Nous avons entendu un bruit ! répondit Ellie en larmes.

— Ne pleure pas, Ellie, lui dit Jamila, tout en s'extirpant de son sac de couchage pour s'approcher de son amie et la réconforter. Tout va bien. C'est tout simplement le bruit de l'orage, là-bas, dehors.

Waaaaaaaaaaaaaaaaaaaaaa !

— C'est un fantôme ! hurla Grace.

— Chut ! dit Katie.

— Qu'est-ce qu'y a ? demanda Molly.

Waaaaaaaaaaaaa !

— Au secours ! Vicky ! Sam ! À l'aide ! C'est quoi ce bruit effrayant ! cria Molly.

En l'espace de quelques secondes, toutes les Brownies présentes dans la salle étaient complètement réveillées. Tout comme Ellie, elles étaient terrifiées par ce bruit.

— Chut, chut, Brownies ! dit Vicky, tout en éclairant la salle avec sa lampe de poche afin de les rassurer.

La seule autre source lumière provenait des fenêtres, lesquelles permettaient à la lueur des lampadaires de la rue de pénétrer dans la salle.

Waaaaaaaaaaaaaaaaaaa !

— On dirait que ça provient de la fenêtre, dit Sam. Elle attrapa sa lampe de poche et alla investiguer.

Waaaaaaaa !

Effrayées, les Brownies, rampèrent hors de leur sac de couchage et se blottirent les unes contre les autres, rejoignant alors Vicky au milieu de la salle.

— Ce son provient de l'extérieur, signala Sam. Je vais aller jeter un œil.

Elle ouvrit la porte de la salle et sortit dans le hall d'entrée. Les Brownies entendirent alors quelqu'un ou quelque chose déverrouiller la porte de l'entrée principale de l'école.

Waaaaaaaaaa ! Le bruit devenait de plus en plus fort.

— Eh bien, jamais je… dit Sam, tout en dirigeant le faisceau de sa lampe de poche en direction de la pluie.

Chapitre 9

Sam sortit du bâtiment, s'engouffrant dans la nuit sombre et pluvieuse. La porte se referma derrière elle.

Les Brownies l'entendirent alors dire : « Oh, bonsoir ! ». Personne n'arrivait à croire à quel point elle était courageuse.

— À qui parle-t-elle ? se demanda Ellie.

Or, avant que quiconque n'ait eu le temps de répondre, elles virent Sam revenir dans l'entrée.

— Tout va bien, dit Sam, en parlant douce-ment. Nous allons prendre soin de toi, dit-elle.

Les Brownies entendirent la porte se ver-rouiller. Puis Sam réapparut dans la salle. Entre-temps, Vicky avait rallumé toutes les lumières

— Est-ce que tout va bien ? demanda-t-elle.

— Tout va bien, répondit Sam. Mais on dirait qu'un intrus cherche à s'inviter à notre soirée pyjama !

Elle tenait fermement quelque chose dans ses bras.

Vicky se précipita vers elle.

— Oh mon Dieu !

Les Brownies se rapprochèrent afin de jeter un coup d'œil.

— Ne vous approchez pas trop, dit Sam. Il pourrait avoir peur.

— Qu'est-ce que c'est ? demandèrent les Brownies.

— C'est un chat ! déclara Charlie. Un petit chat tout mignon.

— Oh, le pauvre petit ! dit Ellie, oubliant alors à quel point elle avait eu peur des bruits que ce chat venait tout juste de faire. Est-ce qu'il va bien ?

— Il est un peu mouillé, dit Jamila.

— Je vais aller chercher une serviette, dit Vicky.

— Il a probablement froid, s'il est resté dehors sous la pluie et le vent, fit remarquer Molly.

Le chat se blottit dans les bras de Sam, les yeux grands ouverts, tandis qu'il fixait timidement toutes les Brownies.

— Il a probablement faim et soif ! dit Charlie.

— Bien vu, Charlie, dit Vicky. Trouvons-lui de quoi manger.

En très peu de temps, la salle passa d'un lieu endormi et silencieux à un endroit animé et occupé. Sam envoya quelques-unes des fillettes au placard du magasin brownie pour y chercher une

boîte — ou n'importe quel contenant — pouvant être transformé temporairement en panier pour chat. Elles revinrent quelques minutes plus tard avec une solide boîte en carton.

— C'est parfait, dit Sam. La pauvre petite chose n'a ni collier, ni médaille avec son nom. De toute façon, il est maintenant trop tard pour trouver d'où il vient. Mieux vaut le garder ici pour la nuit. Demain matin, nous essaierons de découvrir l'endroit où il vit.

Charlie et plusieurs autres Brownies partirent chercher quelque chose à manger afin de nourrir le chat. Comme elles n'avaient pas de nourriture pour chats, elles se dirent que la meilleure chose à faire était de mettre de petits morceaux de pain dans un bol, avec un peu de lait.

Lorsque la nourriture fut placée devant le chat, il l'engloutit tout en ronronnant.

— Il est évident qu'il avait faim, dit Vicky.
Bravo, les Brownies, d'avoir trouvé une solution
aussi rapidement.

— Est-ce qu'il va bien ? demanda Caitlin.

— À mon avis, il semble aller bien, dit Sam.
Je pense qu'il est simplement sorti pour la nuit et
qu'il n'a pas trouvé son chemin pour rentrer chez
lui sous la pluie.

— Où va-t-il dormir ? demanda Ellie.

— Je crois que la meilleure chose à faire est
de lui trouver un endroit chaud et confortable,
près du radiateur, dans la petite pièce à côté de la
cuisine, proposa Vicky.

Sam tapissa la boîte à l'aide de sa veste en
coton ouaté. Ensuite, elle la déposa dans la pièce,
et plaça à côté de la boîte une petite assiette
contenant de la nourriture. Puis, elle installa
doucement le chat dans la boîte.

Le chat se roula en boule en ronronnant, puis bâilla avant de s'endormir.

— Aaaaaaaah! soupirèrent toutes les Brownies.

— N'est-il pas mignon? dit Charlie.

Ellie bâilla.

— Ouais, dit-elle, somnolente.

Autour d'elle, toutes les autres Brownies bâillaient également.

— Allez, dit Vicky en refermant la porte afin de laisser le chat dormir en paix. Je crois que nous avons toutes besoin d'un peu de sommeil, n'est-ce pas?

Les Brownies se glissèrent à nouveau dans leur sac de couchage et tombèrent endormies, exténuées.

Le bruit du ronflement de Vicky et de Sam réveilla les Brownies, le lendemain matin.

— On dirait qu'elles ne veulent pas se réveiller! dit Jamila, en blaguant. Toutes les Brownies rigolèrent.

— Allez! les pressa Charlie. Habillons-nous pour aller voir comment va le chat!

Sam et Vicky se réveillèrent peu de temps après, à cause du bruit que faisaient les Brownies excitées lorsqu'elles s'habillaient.

— Bonjour les filles! dit Vicky en bâillant et en étirant ses bras au-dessus de sa tête. Qui est prête pour le petit déjeuner?

— Moi! dirent toutes les Brownies présentes dans la salle.

— Mais nous devons d'abord aller voir comment va le chat! s'exclama Charlie.

— C'est une bonne idée, dit Sam. Dans ce cas, allons-y.

— Nous ferions mieux de ne pas l'effrayer, avertit Charlie alors que toutes les Brownies s'approchaient de la petite pièce à côté de la cuisine.

— Oh, regardez! s'exclama Boo tandis qu'elles ouvraient la porte. Il est réveillé!

Le petit chat releva sa tête de la boîte, émit un énorme miaulement, puis se précipita pour dire bonjour aux Brownies.

— N'est-il pas mignon? dit Ashvini.

— Magnifique, approuva Bethany.

— Et il a faim, aussi! dit Vicky en pointant le bol de nourriture… vide.

Le chat mettait constamment son nez dans le bol, tout en les regardant et en miaulant avec impatience.

— Je crois que nous devrions redonner un peu de lait et de pain au chat, suggéra Charlie.

— Mais que va-t-il lui arriver? demanda
Jamila.

— Ne vous inquiétez pas, les rassura Sam. Il
habite probablement dans l'une des maisons de
cette rue. Heureusement qu'aucune d'entre vous
n'est allergique aux chats, sinon nous n'aurions

pas pu le garder avec nous, hier soir. Dès que vous serez parties pour la maison, après le petit déjeuner, Vicky et moi allons chercher l'endroit où il habite.

— Petit déjeuner! dirent Megan et Molly en même temps. Nous mourons de faim!

Les autres Brownies approuvèrent.

— Dans ce cas venez! dit Sam. Mettons-nous à la cuisine. Tout le monde doit mettre la main à la pâte!

Chapitre 10

— Hier, j'étais trop fatiguée pour faire quoi que ce soit, dit Ellie à ses amies, le lundi matin, à l'école.

— Moi aussi, approuva Katie.

— Ce fut la meilleure soirée pyjama de TOUS LES TEMPS! déclara Jamila. Et le spectacle était fantastique aussi.

— Pensez-vous que le chaton va bien? se demanda Charlie.

Elle pensait à lui depuis dimanche matin.

— Je suis sûre que Vicky et Sam se sont assurées qu'il allait bien, dit Jamila en serrant son amie dans ses bras. Ne t'en fais pas!

— De toute façon, nous le saurons demain, puisque ce sera à nouveau la soirée des Brownies ! dit Grace.

Le lendemain soir, la soirée brownie parut bizarre, Jessica étant absente.

— Je me demande qui sera la nouvelle sizenière des Renards ? demanda Katie à ses meilleures amies, lorsqu'elles arrivèrent.

Elle espérait secrètement que ce serait elle. Toutefois, elle savait qu'elle était une Brownie depuis trop peu de temps pour être nommée sizenière. La logique voulait que ce soit Emma, sa seconde, qui devienne la nouvelle sizenière des Renards.

Les Brownies étaient encore toutes excitées par le spectacle et la soirée pyjama. Quand elles furent appelées à se réunir dans le cercle brownie,

Sam et Vicky durent tenir la main levée pendant un long moment avant d'obtenir le silence.

— Mon Dieu, mon Dieu! s'exclama Sam en rigolant. Nous avons cru que vous ne vous tairiez jamais!

Les Brownies rigolèrent à leur tour.

— Je ne sais pas comment les choses se sont passées pour vous, dit Sam en regardant les Brownies dans le cercle. Pour ma part, je me suis énormément amusée à la soirée pyjama.

— Ouaissss! approuvèrent les Brownies.

— Et je vous ai aussi toutes trouvées vraiment formidables au spectacle, ajouta Vicky. Vous étiez fantastiques, bravo! Applaudissez-vous!

Les Brownies continuèrent de rire, puis s'applaudirent pour se féliciter.

— En fait, vous avez été tellement bonnes que nous avons des insignes à distribuer! annonça Vicky, une fois que les applaudissements eurent cessé.

Les Brownies regardèrent impatiemment autour d'elles.

— Certaines d'entre vous ont travaillé en vue de l'obtention de leur insigne «Divertissement». Les numéros que vous avez présentés au spectacle vous ont permis de mériter vos insignes! déclara Sam en souriant.

— Ne vous en faites pas si votre nom n'est pas mentionné ce soir, dit Vicky. Tout ce que vous avez fait au spectacle sera pris en considération pour l'obtention de votre insigne «Divertissement» — insigne que vous recevrez bientôt. Vous aurez de nombreuses occasions de terminer votre insigne au cours des prochains mois.

Sam consulta la feuille de papier qu'elle tenait dans ses mains et sur laquelle étaient inscrits des noms.

— Holly, Caitlin, Ashvini, Amy et Poppy : prière de vous avancer et de venir chercher vos insignes.

Les cinq Brownies s'approchèrent de Vicky et de Sam. Chacune leva la main droite pour faire le signe spécial que font les Brownies lorsqu'elles reçoivent un insigne.

— Bravo, les Brownies. Maintenant…

Avant que Sam n'ait eu le temps de terminer sa phrase, Charlie leva précipitamment la main et l'agita impatiemment.

— Qu'y a-t-il, Charlie ? demanda Sam.

— S'il vous plaît, Sam, qu'est-il arrivé au chat ? demanda Charlie.

— Oui, ajouta Jamila. Avez-vous trouvé où il habite ?

Sam et Vicky se regardèrent puis tournèrent le regard vers les Brownies.

— En fait, nous allions vous en parler, déclara Vicky. Nous avons sonné à beaucoup de portes, mais personne ne semblait connaître le chat, ni savoir où il habite. Donc, n'ayant ni collier ni médaille avec son nom, nous avons dû l'emmener au refuge d'animaux. Les gens qui y travaillent ont vérifié s'il portait une puce électronique afin d'arriver à l'identifier. Hélas, le chaton n'était pas doté d'une telle puce. Il est resté là-bas, au refuge, où le personnel s'occupe de lui.

Il y eut un soupir de déception de la part des Brownies.

— Pauvre chat ! dit Charlie en soupirant. Nous devons apporter notre aide afin de trouver ses propriétaires !

— Nous pourrions dessiner des affiches ! proposa Ellie. Et les placarder dans notre école.

— Et demander aux habitants et aux commerçants du quartier de poser ces affiches sur leur maison et leur magasin! ajouta Jamila.

— C'est une très bonne idée, dit Sam. Pourquoi ne commencerions-nous pas tout de suite à dessiner ces affiches?

— Ouaisssss! approuvèrent les Brownies.

Ces affiches portaient le titre suivant : CHAT TROUVÉ. Les Brownies en dessinèrent beaucoup. Elles s'assurèrent aussi que chaque affiche présente de nombreux détails : une description

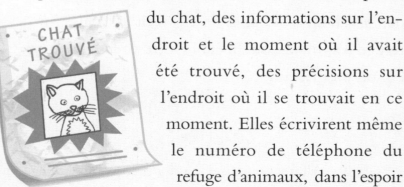

du chat, des informations sur l'endroit et le moment où il avait été trouvé, des précisions sur l'endroit où il se trouvait en ce moment. Elles écrivirent même le numéro de téléphone du refuge d'animaux, dans l'espoir

que le chat et ses propriétaires puissent être réunis le plus rapidement possible.

Après la réunion des Brownies, chacune des filles emmena avec elle une affiche afin de la coller quelque part près de chez elles. Vicky et Sam mentionnèrent qu'elles feraient de nombreuses copies de l'affiche et qu'elles demanderaient aux magasins locaux de les afficher dans leurs vitrines.

Le reste de la fin de semaine fut difficile pour les membres de la première unité des Brownies de Badenbridge. Elles voyaient les affiches à chaque fois qu'elles longeaient la rue ou lorsqu'elles se rendaient à l'école. À chaque fois, elles se demandaient si le chat se trouvait toujours au refuge d'animaux ou s'il était blotti sur les genoux de son propriétaire…

— A-t-on reçu des nouvelles à propos du chat? demanda Charlie dès qu'elle arriva à la réunion des Brownies, la semaine suivante.

— Attends-donc que nous soyons réunies pour notre pow-wow! dit Sam en lui faisant un clin d'œil.

«Donc il y en a!» se dit Charlie. Elle espérait simplement que les nouvelles seraient bonnes.

La réunion brownie débuta par une activité de dessin, de coloriage et de recherche de mots, aux tables de sizaines. Sam et Vicky appelèrent ensuite tout le monde afin de former le cercle brownie. C'était le moment d'avoir des nouvelles du chat!

— Bien, dit Sam, en adressant un large sourire à Charlie. Je suis consciente que certaines d'entre vous sont inquiètes et qu'elles aimeraient bien avoir des nouvelles du chat que nous avons trouvé lors de notre soirée pyjama.

Les Brownies se redressèrent, impatientes.

— Eh bien, hier j'ai reçu un appel du refuge d'animaux, poursuivit Sam. Les propriétaires du chat ont vu nos affiches et se sont présentés au centre. Le chat s'appelle Tigger.

— Aaaaaahhh! dirent toutes les Brownies en soupirant de contentement.

— Il y a quelque chose de fantastique dans ce sauvetage. Les propriétaires du chat ont dit au personnel du refuge que s'ils n'avaient pas vu les affiches, ils n'auraient *jamais* retrouvé Tigger!

Donc, c'est grâce à votre travail acharné qu'ils l'ont trouvée, déclara Sam.

— Ouaissss! s'exclamèrent les Brownies.

— Il y a aussi quelque chose de mystérieux dans ce sauvetage, ajouta Vicky. Tigger habite à plusieurs kilomètres d'ici. Ils pensent qu'elle a probablement sauté dans une voiture sans être remarquée et qu'elle s'est rendue jusqu'ici! Ses propriétaires la cherchaient autour de la maison.

Ce n'est qu'hier qu'ils ont remarqué les affiches, alors qu'ils étaient venus faire des achats dans les magasins de notre quartier.

Grace leva la main.

— Alors nous avons rendu service ? demanda-t-elle.

— La première unité des Brownies de Badenbridge a certainement rendu service, confirma Sam en souriant. Bravo à vous toutes !

Lorsqu'elles se réunirent plus tard pour se préparer à jouer à un jeu, Charlie, Jamila, Grace, Katie et Ellie parlèrent des bonnes nouvelles qu'elles venaient juste d'entendre.

— N'est-ce pas merveilleux ce qui est arrivé à cette chatte ? dit Ellie.

— Oui, je suis si heureuse qu'elle soit rentrée à la maison, approuva Katie.

— Elle était si mignonne, déclara Grace.

— Elle avait l'air tellement triste lorsqu'elle est arrivé complètement trempée et affamée, ajouta Jamila.

— Mais, nous, les Brownies, nous nous sommes occupées d'elle, n'est-ce pas ? dit Charlie.

— C'est parce que les Brownies sont les meilleures ! s'exclama Jamila.

— Ouiiiiii ! crièrent les cinq meilleures amies. Les Brownies sont FANTASTIQUES !

Comment
Bethany a obtenu
son insigne
« Divertissement »

1. J'ai lu un poème à la compétition de poésie de l'école. J'ai joué Frère Jacques sur mon enregistreur pour les autres Brownies. J'ai écrit et présenté un spectacle de marionnettes racontant la conquête romaine de la Grande-Bretagne. J'ai fabriqué les costumes des marionnettes.

2. J'ai participé à un spectacle brownie et imaginé le maquillage et les costumes. J'ai conçu un programme spécial où étaient présentés les noms des participantes et je l'ai décoré à l'aide de mes propres dessins.

3. J'ai joué dans le spectacle ! J'ai bien sûr aussi aidé à nettoyer la salle après le spectacle !

Es-tu un prodige en musique ?

As-tu une voix extraordinaire pour le chant ?
Joues-tu d'un instrument vraiment chouette ? Alors pour-
quoi ne pas jouer Frère Jacques comme l'a fait Bethany ?

Frè - re   Jac - ques,   Frè - re   Jac - ques,

dor - mez vous ?   Dor - mez vous ?

Son - nez les ma-ti-nes !   Son - nez les ma-ti-nes !

Ding, dang, dong.   Ding, dang, dong.

Fais la connaissance de
toutes les membres de la première unité des
Brownies de Badenbridge!

Poppy

Amy

Ellie

Lauren

Sukia

Holly

Jasmine

Jamila

Izzy

Chloe

Ashvini

Faith

Charlie

Bethany

Megan

Rejoins les Brownies du Canada, les Exploratrices

Elles font plein d'activités !
Elles font des choses vraiment cool pour obtenir
des insignes. Elles organisent des soirées pyjama,
se font plein d'amies et s'amusent beaucoup.

Pour en savoir plus sur ce qu'elles font
et la façon de joindre le mouvement, rends-toi
sur le site Web : www.scoutsducanada.ca